山脈有記憶
The Mountains Have a Memory

名流詩叢 56

山脈有記憶
記得靜靜的細雨,
淫淫的紫羅蘭,未寫的詩,
牧羊人的叫喊,懶洋洋飄落的雪,
還有在昏沉沉松樹間誕生的風。

〔印度〕雷斯瑪・臘美思(Reshma Ramesh)◎著／李魁賢(Lee Kuei-shien)◎譯

序
Preface

　　我的祖父母來自印度西南部卡納塔克邦（Karnataka）烏杜皮市（Udupi）附近名叫科塔（Kota）的古色古香小鎮。烏杜皮市以其13世紀的黑天（Sri Krishna）寺廟和小圓麵包，也稱為門格洛爾（Mangaluru）小圓麵包，以及格盧（kallu）煎餅、濃燉椰子肉（gashi）和菠蘿蜜葉米糕粽（kadabu）聞名，這一切把我帶回到童年歲月，回到暑假，祖母會在特別日子做菜，平時她會做咖哩魚、煎魚和豆棗粥（ganji）。廚房有一扇窗，開向花園，我們經過花園，步行幾分鐘，就可以到達海邊。在祖父母餐桌上吃完晚餐後，我們會把草蓆拿出來，鋪在前院，躺下來看星星。祖父會用他流利的英語，指著星星告訴我有關星座和星系的事。我想我就是從那時開始做夢，

我其實不太明白，但我開始神遊黑暗的天空和群星間的遠方。

　　清晨，我會遠看祖母毫無畏懼坐在牛的壯腿旁，輕鬆擠牛奶。她是我的英雄，要冒著乳牛致命的踢腿，從事最艱鉅的擠牛奶任務。她會帶有把手的鋼桶到後院牛棚，用舌頭發聲，親切拍打牛臀，和牛說話，然後把紗麗提高到胖腿上，塞入腰部，坐在三腳木凳，由上往下按摩牛的乳房。我就站在門邊，雙手搗著嘴鼻，半排斥、半驚訝地觀看。我注視牛蹄離祖母的臉近得驚人，但祖母毫不擔心，她還高興唱歌、擠奶，把奶噴濺滿鍋。彼此之間存在一種信任關係。她在擠牛奶時，會唱歌給牛聽。農村婦女在勞動時唱傳統民歌，是常見習俗，特別是在農場，民

歌是透過家庭或小社團流傳下來，藉歌唱口傳，我們稱為口語文學。這是我生平首次接觸到詩。祖父母會帶我去看戲或夜叉迦那（Yakshagana），這是一種傳統戲劇，興起於卡納塔克邦的Dakshina Kannada、Udupi、Uttara Kannada和其他地區，以及喀拉拉邦（Kerala）的某些地方，結合舞蹈、音樂、對話、服裝、化妝，以及《羅摩衍那》、《摩訶婆羅多》和《薄伽梵歌》故事的獨特表現。咸信是從虔誠派運動（Bhakti movement）時期的前古典音樂和戲劇演變而來。通常都是在夜晚演出，清晨結束。往往是免費觀看，不收門票，所有村民都會帶座墊放在露天沙地上，觀看演員現場表演。我會在演出中間睡著，然後在凌晨3點左右醒來，觀賞結局。整個表演通常取

材《史詩》（Mahakavya）和古代印度教文本《往世書》（Puranas）的故事，由講故事的人藉歌唱敘述故事，穿插對話，演員跟隨著音樂跳舞，表現正在敘述的情節。這是祖父母帶給我、非常豐富的文化環境和經歷，讓我對周圍世界敏感和著迷。我經歷過詩最輝煌的形式，也抗拒那些將我塑造為獨立都會女性的影響，當我開始寫詩時，我摘取這些景象和聲音，並將它們與我在班加羅爾的成長經歷結合——我在父母都是牙醫的家庭中長大，感受著這座城市與科塔截然不同的情感、科學與挑戰。

我在平凡中尋找魔力，因為我意識到平凡的事物不再存在時，世界就會變得不一樣。對我來說，一聞到祖父芒果樹上的芒果味時，這種魔力就發作，我們

爬上芒果樹，建造樹屋，園丁將鐮刀接在長竹竿上，摘下長在樹枝的芒果，然後，祖母把芒果切片，加紅椒粉、鹽、薑黃和調溫油，放進稱為Bharani的陶鍋內浸泡數週。暑假結束時，我們會得意地帶回到城市家裡，整個冬天都在吃（媽媽老是提醒我們，只能用全乾的湯匙伸進泡菜罐）。清晨，坐在海邊，看到漁夫已經下水，小船上下顛簸，在幾近沉思中，聽海浪不斷拍打海岸的聲音，有幾隻白蟹到處遊蕩，進出蟹穴。有時我們赤腳追逐，白蟹很快就會消失在穴內。當漁夫把船帶回到岸邊，大家會聚集在船周圍，欣賞戰利品並搶購新鮮的魚，瞬間就拍賣完了。眾人議論紛紜，婦女會討價還價，孩子會等待無人接手的剩魚，裝進塑膠袋，跑回家交給媽媽。

九夜節（Navaratri）期間，鎮上會舉行舞虎會（Hulivesha），是卡納塔克邦沿海最受歡迎的民間舞蹈之一。多年來，我有點怕老虎，但終於開始期待他們表演。在九夜節期間，有人會騎自行車過來，向我祖母通報消息，說舞虎隊再一小時左右就會到達我們家門口。祖母對萬事的初始反應總是毫無反應。然後她會慢慢從椅子站起來，一拐一拐走到祈禱室，拿出大黃銅托盤，要我們某位去花園摘些花：祖父種了很多開花植物，有玫瑰、木槿、九重葛、茉莉、夾竹桃、雛菊、百合，其他還有很多我不知道名字的花。她會把椰子、沉香、樟腦和火柴盒放在托盤裡，然後在廚房裡準備panka，是拌椰子和粗糖的米飯。然後，她會鬆開稀疏灰髮，從枕頭下拉出Chauali（接長的假

髮),編成辮子,紮成緊實的圓形髮髻。她會讓我們大家聚集在院子裡,等待鼓聲來臨。當老虎到處蹦蹦跳跳時,我的堂弟妹們會尖叫著跑進屋內。舞虎會是對「難近母」女神杜爾加(Durga)的致敬。這些老虎都是村裡人扮的,身體和臉上全都塗滿黃色條紋,渾身是汗,顏料黏糊糊,他們跳來跳去,有的靠近我們,有的只是繞圈跳舞。祖母為他們提供食物和水,慷慨給付賞金。我會坐在她腿上,看著他們離開,假虎尾沿街拖行,真像海風中汗流浹背的老虎,牠們一生中從未見過真正的森林。舞虎會和許多此類傳統的敘事方式,激勵我今日成為詩人,意識到我們所知道的世界,只是從那裡透露出來的一點點,而我的詩只不過是風中細語。

　　祖父去世時，留下傾倒的夜來香，有橙色的莖；像新世界開放的庭院，裡面有待發覺的事，又像愛人的皮膚熟悉；客廳裡，每天早上光線像河暢流，碰觸祖母疼痛的腳側；他也留下印度茉莉，朝向太陽，倡言團結；芒果樹，掉下果實落到開掌祈禱的人手中，掉下織布鳥要在屋頂築巢的破瓦片，掉下住在那些渴望結束的發霉書頁內的滑行書蟲；他把祖母留在悶悶不樂的房間裡，窗戶開著，海上撿來的破東西，讓她滿抱空屋的沉重和他的遺物。

　　大約在2015年祖父過世的時候，我開始帶詩去旅行。失去祖父，使我悲傷很久。當我去參訪新城市時，總是會想到祖父種滿椰子樹的後院，不是為了比較，而是出於一種思鄉之情，但我對生活於斯和執業

　於斯的班加羅爾,從來沒有這種感覺。我會懷念強烈的沿海風,如何讓我油膩的皮膚變得黏稠、出汗,還有廚房傳來的煎魚味道、安靜的道路和懶洋洋的早晨。我喜歡在旅行中探索不同的文化、語言和習俗,由於我無法將所有去過的城市、城鎮與村莊的每一處一一拍攝下來,所以每當我回到家,就會沉浸在對各地的讚賞中,同時感到難以言表的失落,而我知道唯一應對的方式,就是寫作。

　　我覺得有些關於沉默、關於安靜的東西,必須親自去捕捉,又擔心它們可能會在世界忙碌中消失,而那一點沉默也將永遠消失。為什麼要捕捉這些細微末節?如果單獨留下,會怎麼樣呢?為什麼我會感覺到如此不安,就像我在醞釀詩的感覺?身為攝影師,有

時想這是因為我試圖屬於當下，試圖脫離現實，將自己從所有我所依戀的事物中解脫出來，也許因為在那時刻我的感官被意想不到的事情震驚，就像在詩中，語言渴望成為情感的舌頭，舔傷口，品嚐勝利、失敗和鮮血，也許是因為透過攝影和詩，我想尋求有時是外在的、但主要是內在的驗證。隨著時間飛逝，我在回顧這些照片時，覺得生活依然美好，大自然以最簡單的方式提供如此多美妙。無論是在攝影或詩中，我都需要保持鎮靜，觀察周遭世界。我在旅行時，忙著注視火車站、機場、公園裡的人民，隨後在安靜的星期日晚上，檢索這些視覺效果，在床上再看，並斟酌微細差別，例如光線落在拍攝主體的方式，或地毯製造商雙手移動的方式，雖為小事但意義重大，使平凡

變得非凡。我發現自己對歷史、時事、政治、文化、生態、女權、環境很敏感，會談論一切讓我思考、悲傷和憤怒的事情。在這個空間裡，我可以直接表達，沒有傷感的陳腔濫調，沒有糖衣，只是原始、黑和白。照片和詩應該都是栩栩如生、會呼吸、赤裸裸、迷人、單純，但又有層次，就像戀人一次又一次探索彼此的身體。藝術應該會給人帶來興奮和好奇，我希望本書能傳達所有這些，甚至猶有過之。

　　非常榮幸蒙我所尊敬的詩人李魁賢翻譯，深懷感激，我知道翻譯甚具挑戰性，他對拙詩奉獻心力和承諾難以估量。衷心感謝詩人李魁賢完成這項值得稱讚的任務，很高興現在拙書可到達世界各地的讀者手中。我深知詩的翻譯是微妙而複雜的工作，不僅需要

語言上的專業知識,還需要對微妙之處有深刻的鑑賞力。詩人李魁賢對此充滿挑戰過程的承諾,體現在把我的思想和情感從一種語言無縫過渡到另一種語言。他所保持的共鳴和節奏證明他對藝術的敏感性。能夠與他這樣有才華、充滿熱情的人合作,我感到非常幸運。這些翻譯不僅彌補語言差距,而且擴大拙詩的影響力。看見我的文字在新的語言風景中飛翔,觸及原本可能不會觸動的心靈和思想,真是上天所賦之幸。

雷斯瑪・臘美思
2023年12月23日
於班加羅爾

序
Preface／雷斯瑪・臘美思　003

山脈有記憶
The Mountains Have a Memory　023

活在詩裡
To Live inside a Poem　025

西瓦卡西的小工
Small Hands of Sivakashi　027

這首詩
This Poem　029

西北風
Shamal　031

喀什米爾
Kashmir　032

形狀
Shapes　034

隨便
Aught　036

他的身後事
Things that He Left Behind　038

失眠症
Insomnia　040

哭泣的山谷
Weeping Valley　042

書形盒
Solander　044

不再
No More　045

你吸引我
You Draw Me　047

缺席
Absence　049

沉默
Silence　051

肉桂
Cinnamon　052

這不是詩
This is not a Poem　054

夜晚
The Night　057

尋死
Death Wish　059

肉荳蔻皮
Mace　062

回憶
Memories　065

你的缺席
Your Absence　066

他一定更喜歡鳥吃過的
He Must Like it Better with the Beak　068

陰
Yin　070

愛
Love　071

霍亂時期的愛情
Love in the Time of Cholera　073

影子
Shadow   076

獨木舟
Kayaks   078

開始
Beginning   080

半月
Half Moon   082

結語
Epilogue   083

自由
Freedom   085

我記得
I Have This Memory   088

道歉的解析
The Anatomy of an Apology　090

想想看
Just Think　093

戰爭
War　095

致我的心還在奧林波斯某處
To My Heart that is still Somewhere in the Olympos　097

給無名氏的信
Letters to the Unknown　100

野鴨
Mallards　101

井的剖析
The Anatomy of a Well　103

因為
Because　105

宮廷詩
Palace Poem　107

分割
The Divide　109

加爾各答電線頌
An Ode to the Calcutta Wires　112

加薩
Gaza　114

現在是時候啦
It is Time Now　118

檢疫
Quarantine　121

女人
Woman   123

夜
Night   125

照顧我睡覺
Watch Me Sleeping   127

關於詩人
About the Poet   129

關於譯者
About the Translator   131

山脈有記憶
The Mountains Have a Memory

山脈有記憶

記得靜靜的細雨,

溼溼的紫羅蘭,未寫的詩,

牧羊人的叫喊,懶洋洋飄落的雪,

還有在昏沉沉松樹間誕生的風。

山脈似乎已經吞沒

每天黎明的呼號、士兵的骸骨

以及落葉與地面間的距離。

然而卻平靜,好像你不在場一樣,

就像無一物走過燃燒中的山谷,

無人,甚至無一隻黑鳥,

為未出生的幼兒哭泣。

有時,山脈會突然生機蓬勃。
經由迂迴的馬道小徑、
溼瀌瀌的蜜蜂和低聲咩咩叫的羔羊呼吸。
一旦山脈完全跟墓地一樣,
就會把孤獨淹沒在我的小手掌中。

也許有一天山脈會在我的胸口醒來
並記得他們也有一顆心。

活在詩裡
To Live inside a Poem

活在詩裡，就要喚醒具有個人反省的動詞
能夠明白品味方式的名詞
不因愛而驚訝的介系詞！

活在詩裡，就是要有副詞來決定
什麼畫要掛在哪面牆壁上，
要有冠詞決定誰洗衣、煮飯和打掃
要有代名詞完全省略冠詞和副詞。

活在詩裡，就要有方言牆，談論死亡或失落，
要有形容詞窗口談論母親、女人或她，
要有屋頂始終落在熟悉的句子裡。

活在詩裡,耳內就要有不定詞的心跳
感受縮寫詞在不安的血管中流動
文法在此不斷從放置於腐爛香蕉上的
大量文件獲得許可。

活在詩裡,就是擁有你不再想去參觀的房子
那是家,你離開越遠,感覺越好
那個場所,像心臟有無常的跳動感,
你不在會調整每個房間大小,我天天學習容忍陌
生人。

西瓦卡西的小工
Small Hands of Sivakashi

他們說，連不飛的鳥類都有翅膀

茉莉開花時像在雨中撐開傘

在如此世界裡，平心而言，西瓦卡西的小工

銀光閃閃，像阿媽莎麗上的金銀絲線

將鋁滾壓、磨擦、浸染在紙上

硫充塞的鼻孔，水銀烤焦的頭皮

正在建立泛紅臉頰的遺產

而火藥在無窗的工廠內像壞水果腐爛掉

西瓦卡西的小工忙著

捆綁和解開希望小鞭炮的工作

然而這些事情每隔一天就會發生

我們知道存在某處角落

有人是為了錢

下意識燙傷孩子

迄今我們還是開車去萬燈節的開闊地面

購買盒裝鞭炮,尤其是給我們的

孩子們,我們全家就可以一起回家

這些西瓦卡西的小工燃燒到天亮

下方地面充滿灰燼,而他們

西瓦卡西的小工張開嘴巴被埋葬掉

＊西瓦卡西是印度泰米爾納德邦(Tamil Nadu)的城市,鞭炮和火柴工場集中地,生產量佔全國七成。

這首詩
This Poem

這首詩是封閉的房子

冬天留在此看書

對熟悉的耳朵標記頁數或不標記。

這首詩望出窗外,

交換中的城市分裂了

開始把大海逐行繪成線條

就像士兵穿沉重靴子走路時,在想家。

這首詩是紙船,從你那裡航向我,

黑白兩色,潮溼,載著兒童和島嶼

夢想在母親身邊醒來。

這首詩是某日某地的街道

我們會在此相遇而發現自己被繪成

缺席,有你的呼吸在我的側影上。

這首詩是二度到來的男孩

被煙灰覆蓋，

他的語音，提醒你

你還沒離開出發的地方。

西北風
Shamal

我等待一首詩的誕生,

詩有關灰色百合

小海龜、碘色的海、白沙

也有關你留下屏息中的疼痛

或至少有關我們擁有的愛。

現在你睡在無數的草花叢中

我也有這樣的記憶,有時也會寫下來。

我離開你時,你或許還不知道我的名字

或許也會像我記得你一樣記得我

就像海岸有一朵無可挑剔的花

已經準備好要綻放。

喀什米爾
Kashmir

「要是牛奶店

也關門呢?」

我在四個噴嘴的瓦斯爐前

耐心等待著

新鮮的牛奶緩緩揚升

騰湧到爐上緣,

我轉過頭

檢視孩子的眼睛,

一顆子彈錯過喉頭

卻擊中虹膜,一顆子彈錯過

晨禱,卻擊中夜晚逃亡的對話,

一顆子彈錯過法桐樹的陰影

卻擊中婚禮歌曲。

在遙遠難民營
我的嗚咽噴到騰湧的牛奶上
阻止其沸騰。
「牛奶店必須關門」
我的結論是我要泡茶來啜飲
別人血液的溫暖。

形狀
Shapes

當我成為

夜晚的形狀

我是紅冠鸚鵡

成為水的形狀

是向前衝的彩虹

當我成為

愛的形狀

我是古老的博物館

成為飢餓的形狀

是離開你眼界的詩

成為缺席的形狀

是秋葉大軍

當我成為

你記憶的形狀

我是自殺轟炸機

整天整夜

在你面前轟炸

直到唯一剩下我

是你想像力的

模糊虛構

隨便
Aught

也許我是中途停頓的談話

或是晨光和窗台之間的影子，

吞噬廣闊林地的呼吸，

空蕩蕩造船廠的荒涼景象

全部橘色。

我可能是菩提樹汁，

兩眼對視的聲音，

你皮膚的國度，

自由自在的奇蹟或轟轟烈烈的吻，

時間與遺忘的距離。

也許我是溼土的記憶，

玻璃破碎的喘息聲，

豌豆莢裡的黑暗或井的寂靜，

讓你忘記事情的海洋,
還有我來來去去跨越的波浪。

他的身後事
Things that He Left Behind

祖父留下

掉落有橙色花莖的夜茉莉花

像世界一樣開放的庭院

有些事等待發現

卻像情人的肌膚那麼熟悉

光線流動的客廳

就像河流每天早晨接觸

祖母疼痛腳的岸邊

祖父留下阿拉伯茉莉

朝向太陽,說共同性的

語言

芒果樹把果實

落入任何人開掌

祈禱的手中

破碎瓦片裡有織布鳥

在屋頂上築巢

滑行過書蟲寓所

發霉的頁面書寫渴望結束的故事

他留下祖母

在鬱悶的房間裡,開窗戶,吸引

海上來的破碎東西充滿胸懷

帶著空蕩蕩房子的沉重感

還有他的全部身後事

失眠症
Insomnia

　　如果你想知道為什麼

　　我穿著風圍繞腳踝，

　　為什麼我把每一詩行都破窗而入且暫停，

　　為什麼我要留下少許我在你身邊，

　　只是要開門讓雨進來，

　　爬入你的眼睛尋找玻璃碎片、

　　萬花筒，破碎的心

　　和未寫的詩，

　　因為你要求我別談論

　　愛與語言

　　我或許也可以把這些打碎成酸豆種籽

　　這裡那裡到處播種，

　　也許當夜幕降臨，就會生根

溜進吵鬧的蟋蟀群裡告訴你有關我的一切，
只要你患失眠症。

哭泣的山谷
Weeping Valley

他的顏色聞起來就像滿屋的書,

未讀的、半喜愛的、摺角的、蟲蛀的、

沒碰過的、掉落的。

無故事,無詩,

連結語都沒有,不說什麼,

僅僅只是承認存在,

紫色有如痛苦,瀑布有如沉默,

震耳欲聾,直接傾瀉而下,

這就是我愛上他的原因,

他的天空較少眼睛,流血的風景,

老式的淚水和他琥珀色的嘆息,

這就是為什麼我開始

在我的空間裡填充小村莊,

酸梅樹，來訪的表兄弟，
泥濘的腳步、破損的鞦韆和名字。
所有河流的名字我會穿插入
他喜愛的微小對話，
給沉默取的名字
會跟隨麻雀回家
晚上那部分的名字
他會留在那裡
而我會安靜站著，不哭。

書形盒
Solander

你摸我像書背一樣，

你吻我像開窗迎接秀色可餐的早晨

溜走逃進傷口內。

你的舌頭知道路經過草地，

經過大海，經過被遺棄的句子。

你的眼睛剝掉我的臉就像風剝掉一座山的

崇拜，陽光掠過，像低聲細語

流注入自己。

你的雙手把我塑造像民間傳說，

唱歌直到你的吻結束

成為更深的藍蔭。

我渴望牢獄。

不再
No More

聽說有些孩子是貨物
手臂像不搭配的槳,無法划水
持續十個小時,紙漿心就沉沒了,
雙腿僵硬得像逃命的槍枝,
孩子明白他們永遠無法面對
成年後的自己像兄弟姐妹飄浮離去
像白瓷月壺下方溫水中的冰山,
但他們知道海的年紀已大啦
埋進毯子裡靜靜吞噬一切,從小小
胎內嬰兒以迄近距離面無表情的邊界。

這些孩子永遠聞不到烤麵包的味道,
永遠看不到老師漠然的眼神,

永遠聽不到國家昂揚的聲音,
或者永遠看不見雜草叢生的回家鐵路
然而始終記得鐵絲網的冰冷目光。

你吸引我
You Draw Me

你吸引我,就像雨吸引影子
填滿沒有名字的空蜘蛛網,
闖入記憶小鎮、街道、
院子和窗戶,孩子拿書坐著
雙手緊握,眼神空洞。

你吸引我,像無人居住的場地
像迷失於往昔的旅人倚在漸暗的光線中
對抗大海的喧囂,尋找秋天的焦味
尋找正午投射在詩上的影子。

你吸引我,像遠方逃離所有親密的事物,
像輕柔的吻、蝴蝶、麵包屑、火車和空虛

且把我放進書裡,在有人書寫的文字中
事關島嶼和燈火照亮眉毛的孩子
以及壓在床單之間的蘭花。

缺席
Absence

有時一切結束只是為了重新開始，
也許某個夏天，當你的目光落在
九重葛上，你會記得我的眼睛
在顫抖，當你的嘴唇落在我的嘴唇上
我們如何赤裸裸像樹葉，
像樹枝在天空凝視下折斷
知道有一天我們會變得如此遙遠
即使是沉默也無法在我們之間來往，
如此遙遠致使我們的語言似乎
就像陌生的土地而
你的皮膚就像被遺忘的草地。

有時一切結束就是要

重新開始,在另外土地上

陌生人微笑的地方

有空洞的眼神和咖啡的氣息,

沒有你親筆函件

可以到達的地方,

而每個夜晚

你的手指無法

握住我。

沉默
Silence

沉默是一片海,

一堵煤煙牆,

一段親密的記憶有血有肉。

沉默是淺水擱在你的腳踝處,

是夜光隱藏在燕窩內。

沉默是盤旋在池塘上的吻,

潮溼且未完成。

沉默是伸出的空翅膀

飢餓攀上山。

沉默是像書打開

像詩關閉。

肉桂
Cinnamon

因為這個冬天你留給我一些溫暖

在菠蘿蜜的腹肚內，聞到

陌生人指示方向往熟悉地方

那裡因你迷路而摸不清楚道路。

因為你留給我的只是概念

就像茉莉花垂懸下來的耳環

讓我驚嘆好像你說過的一切事情

都溶解在時鐘裡

或成為時間蒸氣離散。

因為你留給我地圖褪色的這個地方

縫隙裡有從容的螞蟻，眼睛受傷的窗戶，

塞滿又要見面問候又要告別的瓶子,
不鏽鋼餐盒沒有昨天陳舊談話,
咆哮書、舊硬幣和梭織柔軟紗麗充滿毫無邏輯或愛。

因為你留給我這種語言
是雙重性格的雨和短暫思想
我不知道如何為人
讓一切事情順利,或如何清潔家庭櫥櫃
但我只能鼓起勇氣
假裝面對你遺留的噓聲
和你自行車漏氣輪胎嘎嘎響。

這不是詩
This is not a Poem

這不是詩

那是充滿血肉的字

在宵禁時出門

那是歌曲的魚骨

沒有字的信封

燃燒中法國梧桐的糾結

交出半熟的麵包

空出學校裡的黑板

那是古普卡*雪中的寧靜

你瞳孔中暗淡的光芒

那是證明子彈發現

舅舅瘋狂

寬恕的破碎彈片留在

受彈丸控制的眼睛或歪斜的舌頭

浸泡在禱詞中的長春花

這不是詩

因為誰有時間

寫詩給

永遠不會去的地方

誰有時間傾聽

空蕩蕩房屋的聲音

誰有時間望著

明天就可能消失

進入墳墓的人眼睛？

如果你偶然忘記

就像你經常那樣

這不是詩

＊古普卡（Gupkar），是喀什米爾的一個地方，因印度的政治立場，變得受到重視。

夜晚
The Night

夜晚是河流

血肉和破碎的慾望

在此相遇並分支進入

沉寂寺廟的山谷

夜晚是藤蔓的季節

經過白天作業後

成熟的果實

充滿老酒

夜晚是柔軟乾草的

悲傷

把油燈的光

埋入你活動的雙唇

夜晚是搞不清楚

回歸空虛

睡意朦朧的海

像無窮盡的眼睛等待注視

像出發的時間

像兩個戀人產生親吻

靜靜地

忘掉

對話。

尋死
Death Wish

祖母宣布

她想死掉算啦

在祖父滑倒

摔斷腰骨後還能

穿巴塔牌藍白拖鞋

半跑半走

去關掉溢出的水

為了節省水

卻再也沒有從醫院回來

我們靜靜聽,發出嘆息聲

沒有注意出現在門階的

青蛙,我們告訴祖母

死亡不是任憑我們

選擇的，而且她的時間還沒到

但她爭辯並堅持

要死

夜現身，用手和膝蓋

像嬰兒爬行，祖母已經

吃飽晚餐，如今

打開藥盒，一種關節炎藥

一種血糖藥，一種高血壓藥

一份為心安，一份為痛苦

一份為孤獨，一份為抱怨

她拿眼鏡過來檢查是否

有遺漏或用罄任何藥

她滿足地滾到床上說道

「希望早晨不要醒來」

肉荳蔻皮
Mace

我逐字解開你的詩

不是遊客,是以旅行者的身份,

坐在公車車頂上的人,

不拍風景照片的人,

喜歡繞過詩段停在公車站的人

不願向陌生人問路

卻要打聽他們的名字和來自哪裡

要把他們從怪誕的哈維利縣駱駝步道拉出來,

身為手鐲製造商滿手皺紋

就像用過且尚未上漿的棉織腰布。

你的詩就像擊鼓者,

拍胸誇口者、消防隊員和雜技演員,

喧囂惹人討厭,是我不想讀的那一類。

我喜歡的故事,要有厚牆、庭院、

牧師、坑洞、曼加尼亞*歌聲

而疲倦的妻子在旁觀、鷹飛越堡壘、滿地鴉片的沙漠、

流落他鄉的夫婦、屋頂上的鳥和一些溫熱牛奶。

另外故事是你遇見父親的老師、

風車迷失方向的地方,

有漆成藍色的房子,但看起來

不壯觀卻很平凡,

還有一片漆黑的故事。

我把雙手滑進你的文字之間

撫摸金色沙丘、寺廟鐘聲,

就像有人崇拜家神那樣。

我想和你的動詞、

雕花的窗戶、狹窄的小巷爭論。

我想在寫和聽當中遇見。

＊曼加尼亞（Manganiyar），是印度塔爾沙漠地區擅長歌唱聞名世界的族群。

回憶
Memories

當你離開某地,就留下溫暖,
你留下落葉、空蕩蕩的公車站、
茉莉花飾帶的香味和西瓜的笑容、
雙手沾滿煙灰的孩子、雨中的狗群、
不再寫信而穿著華麗的人士、
有六扇窗戶的房屋、靠在牆上的腳踏車、
充滿溫熱麵包和一些回憶的咖啡館,
短暫漫步後融入群眾中,忘掉啦,
只接觸陽光(稍微傾斜)照射到的地方。
當你離開某地,裸身在溫暖的衣服裡,
遠方變成回憶圖書館裡的男孩
而你為何從未注意到兩個小女孩向你揮手告別,
沉思中的黃白色里程碑正在把你的名字抹掉。

你的缺席
Your Absence

有些關於你的缺席事情

談到千千萬萬，關於一處叢林、

一本書、一些破碎的珊瑚，關於希望和我們。

我從來不知道缺席可以如此長久，

而陽光像在燃燒。

有時我聽到你的呼吸在挑逗我，

當你飢餓中親吻我時，我喘不過氣來。

有時我也喜歡你缺席，這讓我想要

剪下淡紫色月亮，追尋你嶄新的笑聲、

挺身之吻、你把吻埋進我皮膚裡的方式

要保存在橄欖樹縫隙中，供他日享用。

你的缺席如今像仙人掌成長，柔軟，密封在

我的心靈中，有時會像曼陀林低吟，

破碎時，我也破了，忘掉我還有一張臉。

我無論如何傾瀉而出，都會奔向你

你的缺席促使

我的信仰如潮水氾濫，我嗚咽

以夏天失敗告終，

為了十億朵蘭花在海上飛揚

以及一棵孤獨的樹。

他一定更喜歡鳥吃過的
He Must Like it Better with the Beak

祖父過世後13天裡

每天中午12點整,一片大蕉葉

放置在院子裡的茉莉花旁邊前方

甜芒果樹的樹椿代替蘑菇

一群烏鴉會飛過來

盛裝黑色外衣和黑皮鞋

先從椰子樹的頂部檢查起

然後品嚐蕉葉裡的食物。

今天媳婦煮菜

腰果小黃瓜勞累整個上午

熱騰騰的廚房裡瀰漫椰子油的味道。

祖母只有這一次

高高興興離床跛行出來看

一群聒噪的烏鴉在認真處理她的南瓜、
水鹿、紅米、綠豆、綠豆芽沙拉和白開水,
一隻烏鴉坐在新鮮椰子上張開嘴巴
像平常一樣把椰子翻倒溢出。
祖母以最長輩的身分擦乾眼淚
首先拿起芒果酸辣醬,
祖父最喜愛,她高高興興大聲說
「他一定更喜歡鳥吃過的!」

陰
Yin

你把我打散成傾盆大雨,

你聽我說話就像什麼都沒聽進去,

走進空蕩蕩的房子時

任性、冷靜、專心一志。

你爬上我的衣袖。

我有四分之一懸掛在你安穩的詩下方,

你拿我的眼睛去看書上褪色的書頁。

這本書是在你不知道我們存在的時候寫的,

你打破吵雜雨聲,我縫合空氣。

我們彼此離遠遠關門和開門,

卻總是站在窗邊期盼,

期盼有一天麻雀會飛來

把夏天安置在我們的窗台上。

愛
Love

如今我知道

愛是

無法說話的舌頭

愛是給樹

寫詩

愛是我祖母加在

你泡菜的鹽巴

愛是石榴

為你流血

愛是毛巾在耐心

等待你

愛是雨的雙手

讓農民感到希望

愛是雀巢內的

陽光

愛是在你血管裡

跳動的脈搏

愛是在六十五歲時

學寫你的名字

愛是從種籽

長出的芽

愛是療癒中的傷口

你心甘情願加以照顧

又再度撕破

霍亂時期的愛情
Love in the Time of Cholera

他們說愛情外觀像精美品牌
感覺像碳,呼吸像棉花糖
刺激像古柯鹼,斷交像沉默
狩獵像權力,舒緩像咖啡因,
然而愛情,他說,勿愛我
至少現在不要,絕不,也許到時候
在這樣腐朽的時光裡
帶著枯萎的水晶、肺癆的絲綢,
被伏擊的夜晚和開始腐敗的群星,
不談愛情,不談喜好
就像我們昨天所做那樣,當夜尚白時
愛情感覺就像我自身,
連玫瑰花顏色也是我們選擇的

也許是棕褐色。

噓！噓！我愛情的病態廢墟

不為霍亂時期的愛情

唱你的情歌

注定會痛苦死去

像詩安置在棺材裡，

埋在當作墳墓的書裡

然而愛情，就這麼一次

像腐爛的殘餘物

將我包紮在你的影子裡

讓我吸吮你的乳房

而

愛情在你讓位時
讓我成為你

影子
Shadow

如果你想學習

消失的藝術那就採用

影子

雨水從未溼透影子,

黃昏也不會使之變暗,

而夜會把影子吞噬,

就像那是從未出現過,

就像我從未出現過那樣。

影子跟我一樣不會羨慕群樹

或長翅膀的樸實種籽,

不會把泥漿帶回家

作為紀念品並用文字壓制,

不會想像那是一個家

回到日常日子
可以寫情書和喝茶，
只要靜靜坐在窗邊
試圖裝做別人。

獨木舟
Kayaks

有時我會讀懂這些

你我之間建立的沉默

像獨木舟漂浮在無風的夜晚

等待至少黎明時一首歌,一陣喧嚷。

昨天下雨,如今土壤溼啦

我聞到你的腳步聲,堅硬的泥土

沉重呼吸的印度茉莉分享你的體型。

你不在時鄉下有時會下雨

我的眼睛溼透,我的腳乾透,

他們已經離開你,要忘掉

要忘掉被愛的感覺

要忘掉成為孤兒的感覺

要忘掉生活的感覺

但你用那些睫毛

溫柔的笑聲觸碰我，帶著

橙色天空和盛開草花的回憶

我請求你離開

讓我成為空白頁，繼續對話

讓我去划獨木舟，在這無風的夜晚。

開始
Beginning

　　在我用手指塗畫某人看起來和你完全一模一樣之前,我需要擦掉一些邊緣,縈繞在縫線周圍的橡膠樹氣味,保持你不在場。隨著記憶消退,如今往昔像是溼床墊,無頂無底,很不舒服。但總是有故事,總是有行李、港口和旅程遺蹟,就像捲收的褲子等待鋪開。有些故事需要講,有些穿著像晚禮服,有些迷信,有些像拉繩要挑選,有些像戰爭是光榮,有些像加爾各答的早晨令人沉痛。但我的故事並非這些,那是像軍裝士兵那樣僵硬,像愛情那樣愧疚,以稻田為界,吵雜像婚禮、上腳鍊的腳、鐵皮屋頂的段落,淚水滑出視野,一種流行病,突然開始,按預期以句號結束。在我寫作之前,闔上呼叫我的這本書,讓我

眼光投向你。

　　我但願你已經開始活起來啦。

半月
Half Moon

在我瞭解這段旅程之前

我的腳變成海

把回憶的信封埋在

看似一動也不動的帆船下方

想念蘋果園、

隧道內疾馳的火車、

一些忙碌的螞蟻和未決定的萬事。

遠離的事物芬芳如紙張、

手剝的橘子和瓶裝的雨水。

也許在星空中有人會忘記

路畢竟是在泡茶

而我們的目的只是

半月的波動攝影。

結語
Epilogue

你

把我打破

成為

身體組件

乳溝

嘴唇

腰部

陰道

腳

屁股

然後再把我

修理恢復

利己主義

大聲

懶惰

無聊

自私

潑婦

但在你心中之

心裡

你確實知道

我不是這樣的

我只是一個女人

是你永遠無法擁有的

自由
Freedom

他終於

打來電話

我怎麼能問

「你好嗎?」

當我獲悉

他們很可能也

要把他的孩子帶走

我反而問道

「你有寫過詩嗎?」

「有呀,」他說

「但我不能送給你。」

「我明白,我也是為你們大家寫的。」

我很自卑地說

「現在就來我的小鎮吧

來吧，因為現在是秋天

來吧，因為很美

來看看玫瑰吧

看看玫瑰顏色是

來自血液，來看看

夏利馬爾花園金色輝煌

默默來看

你在杰赫勒姆河的倒影。」

「好，」我答應

知道非常清楚

明天我要做的就是看看

喀什米爾的老照片

激發我的自由。

＊夏利馬爾花園（Shalimar Bagh），距離斯利那加（Srinagar）大約15公里，是喀什米爾知名度最高的蒙兀兒花園，建於西元1616年，建造者為蒙兀兒第四代君主賈汗季王。杰赫勒姆河（Jhelum River），是流經印度和巴基斯坦的一條河流。

我記得
I Have This Memory

森林有時似乎一寸一寸充滿我的心靈

對每片葉子低聲唱歌，請求你現身。

我把迷醉之吻放進玻璃罐內

使你在牡丹般天空中會注意到那蠟筆色彩，

至少那時你會出聲呼喚我的名字

味道會像紫茉莉科紅風車

而說話像榕樹。

也有像今天這樣的日子

當我堅持別人那種艱苦沉默時

希望就像烏雲可以破除。

像跳動的靜脈，我堅守你的空屋頂

需要留在你陰鬱的窗台上

堅守你的眼神和九重葛。

我等待。

我等待一首詩的誕生，一首詩關於

灰色百合花、小海龜、碘色海、白沙灘

也關於你留下的屏息疼痛

或者至少是關於我們有過的愛。

現在你睡在無數草花的溼露中

我記得，有時我也會常常寫。

道歉的解析
The Anatomy of an Apology

你說

「對不起」的方式

就像你從對我有益的英文報紙

讀出一個單字的方式那樣

那字從你口中走出來

走進我的客廳

它的腿就像孩子的字跡

眼睛是空氣做的

專心傾聽錯誤的數學

腳趾暈眩

舌頭醃漬在雨中

抹油的頭髮在我黃色坐墊上留下汙跡

燈關掉時,就看不見啦。

我的傷口和你的道歉是連體雙胞胎
分享母音和心痛
她們是試圖成為兩棲類的姊妹
他們是試圖對抗死亡的兄弟

如今你的道歉睡在我床上
就像火車上的同席乘客
它皮膚是針葉樹
喉嚨是遺憾的風景
和你一樣打鼾，讓我
整晚都無法入睡
它轉身時透過簧風琴胸腔

呼吸沉重

我的傷口忘掉語言和落下的塵埃

溜下床，坐在低矮的藤椅上

是翻覆的船正在學習游泳

等待黎明到來

如今是早晨

我的床是空的

你的道歉已經把形狀

留在我的枕頭上

寫著

我愛妳

想想看
Just Think

而想想看

如果我們沒有遇到

如果我們沒有見到

正好有機會

在候客廳

人海當中

如果我們沒有對上眼

如果我們沒有感到溫暖

就在恍惚之間

像機器人

想想看

在綠燈亮之前

航班起飛前

想想看

毫無記憶

反正

毫無頭緒

毫無情緒

我們本來會遇到

而且一無所有

什麼也沒有

戰爭
War

祖父出征打仗多年

因為他不知道如何是好

死於子彈射擊或是自尊心破碎

所以,我猜他選擇子彈,應該不是勇敢。

他對敵方一無所知

除了他們被撕裂(和他一樣)

他們不喜歡香料(與他不同)

在炸彈和煙霧之間,他和敵人

分享不存在的地圖和心碎的妻子,

一座被崩塌山丘和重力包圍的房子

他們再也沒有回到那裡。

祖父如今腳趾朝天躺下

在數星星和骨頭碎片

聆聽自由之歌

在我們聲稱自己的土地上。

致我的心還在奧林波斯某處
To My Heart that is still Somewhere in the Olympos

不要把我的心還給我

就留在山谷裡吧

成為奧穆爾加山的眼睛

在驚嘆中凝視廣闊的藍海

就留在土耳其每首歌的結尾吧

葬在呂基亞遺址中

我的心變成海裡的美人魚

成為無花果樹間的風

光亮陸地上的蝴蝶

部落土地上的蜜蜂

就留在女人手中的溫暖裡吧

那女人製作熔岩

沖流過契拉里的斜坡

擁抱地中海

不要把我的心還給我

就留在印度奶茶的溫暖中吧

化成滾滾浪濤

孤獨的海鷗

海裡的每一塊鵝卵石

成為詩像每位土耳其人的心

成為耳朵在諦聽

塔哈里古代遺址的故事

成為奧林波斯溪中的流水

每天沖下來迎接

地中海入海口

成為每棵樹的每片葉子。

不要把我的心還給我

就留在那些吻過我的嘴唇上吧

在奧林波斯古城

於千萬顆星星之下

就永遠留在自由的懷抱裡吧。

＊奧林波斯（Olympos）是古代呂基亞（Lycia）的城市，位於靠近海岸的河谷中，遺址在土耳其西南部安塔利亞省庫姆盧賈區（Kumluca, Antalya）的契拉里（Çıralı）鎮南部。奧穆爾加山（Mount Omurga）位於奧林波斯（Olympos）遺址旁。塔哈里（Tahtali）是在奧林波斯的一座山，搭乘纜車至山頂，可飽覽安塔利亞迷人風光。

給無名氏的信
Letters to the Unknown

在所有乾燥的早晨

以及晴朗難以言喻的夜晚

隨著我漫步和塗鴉

我用筆尖

把我的哀傷和故事壓在紙上

用我的指甲在泥牆上寫字

用粉筆在地面拉線

但從來不知道

我的詩有一天會是

寫給無名氏的信

野鴨
Mallards

今天有一個嬰兒要來到世間

湖水輕輕蕩起漣漪

太陽下沉時，雞蛋破裂

讓陽光

親吻詩的柔軟鳥喙

一隻野鴨誕生啦

正好在波光粼粼的湖上

忙於理解蘆葦低語

龍飛行的振翅聲

以及神話如何拖累女性時

每隻野鴨寶寶

就如此誕生

猶如生命投入湖中
淹沒他們半睜開的眼睛

野鴨長大後意識到
湖從未隨著一起長大
而是變得更加混濁
更加努力嘗試消化萬物
那是被壓到湖床下
失望而模糊反光的拼合
有些肋骨和骨盤
那是閃耀的城市所遺留
就像每天晨霧消散時的露珠

井的剖析
The Anatomy of a Well

井總是公開裸露

在陽光下廣為伸展

她的表皮塞滿沖積土

同心圓環砌成潮溼的旋轉木馬

繞一圈又一圈,繩子拉伸

像烈士一樣吊掛著。井正在等待

女人疲憊的雙手理好溼漉漉的紗麗

花盆親吻她赤裸的腰部

水時時濺到她的肚臍

她的眼睛接近婦女群的八卦

她的手指學習繪畫雲、樹木、

飛鳥和瘦人的倒影,它的靜脈和動脈

是通往地下水道的祕密通道,

夜裡，她是月亮的搖籃，給黃昏乾燥的嘴巴唱搖籃曲
她正在等船，為那些頭髮油膩、會彎腰
越過下垂棕色乳房的女人乞水施捨。
井是與河有遠距離關係的女人，愛上雨，
嫁給幫浦，她的心正在試圖要追隨天上的風箏。

因為
Because

因為樹燃燒直到

每片葉子都轉變成純灰色

因為我的皮膚緊黏著你

像魚鉤一樣

因為悲傷的故事很正常

像陌生人走過馬路

因為你說事情像

「一首詩是一個傷口,翻覆的船,

長莖上缺陽光,

你右邊的冰冷影子,

一個動詞,一個音變,

一首詩就是失去了文字」。

因為你會親吻我的嘴唇

只為飽嘗悲傷而留下
成為詩。

宮廷詩
Palace Poem

如果沒有噴泉,庭院裡沒有天鵝和群鳥

沒有戴長紗的少女在等待王子

還算是宮廷嗎

沒有大理石桌和葡萄酒杯,伴著笛聲和

粉紅嘴唇咬葡萄的聲音,屋頂上有小小鏡子

跳舞女士在鏡中消失,這還算是宮廷嗎

沒有瀏覽山脈的陽台,沒有象和馬的獸棚

沒有寬肩膀、鬈髮、大理石眼瞼的雕塑

這還算是宮廷嗎

如果沒有馬蹄聲,來自燃燒城鎮的哭喊

尖叫孩子們的影子,閃爍戰爭吶喊的城牆

自由面臨倒塌的威脅,這還算是宮廷嗎

如果不講用鞭子寫詩的故事,不正經凝視你的雕塑
隱藏祕密的柱子,陰險抱怨像
國王追求權力那樣的人,這還算是宮廷嗎
如果沒有在雨中歌唱的黑鐵門,在木柱上成長的綠草
輕鬆嘻笑的蜿蜒樓梯,此地如此喧鬧,你聽到
你的聲音如此寂靜,聽到從東西南北傳來
吵雜流動的所有人群繞過城牆,這還算是宮廷嗎
他們喃喃祈禱,踮著腳尖,像一陣香雲飄浮在你周圍
要求你在拱門、陰暗走廊止步,每個房間暫停
觀看宮殿如何整體矗立,而每天都還在闖入
無盡痛苦的咆哮洞穴,都在講國王只是牧羊人的故事

分割
The Divide

他說如今院子中間有一道牆
把你祖父的花園分割成
二，2也是二
我躺在床上盯著屋頂想
怎樣能夠把家、花園、屋頂、圓井、
一些眼淚、希望、愛和身體分割為二
就會有兩側，右側和左側
取決於人的立場以及由誰來決定
哪一側會有紅螞蟻在行軍的芒果樹，
根部釘深，浸入蔓延地下的水中？
哪一側會讓書蟲在發霉書頁的詩上爬行，
在帶著夜花岩蘭草芬芳的空氣中落地，
哪一側會導致祖母的膝蓋疼痛和關節腫脹，

祖父的腰布潔白，魚咖哩會芳香？

哪一側會看到祖母眼中的失望、

井裡的蝌蚪、我和姊妹們為螃蟹建造的泥巴屋？

哪一側是祖父在墳墓裡會轉向看到紅磚牆

貫穿他種的萬壽菊、黃玫瑰（有昆蟲）、甜人參

果和他的骨骼？

兩側

無一側有池塘、穿靴千足蟲、神和鬼的故事，

無一側有芒果泡菜甜粥，沒有草蓆丟在泥地上，

無一側有落地燈耐心等待每天晚上點亮

無一側有無憂無慮孩子們笑聲，

無一側有我阿吉佈滿皺紋的雙手，

只剩上方是無分割的藍天,每天夜晚有月光從祖父母斷掉的牙齒間漏過。

加爾各答電線頌
An Ode to the Calcutta Wires

我注意到加爾各答的天空、

建築物、人行道甚至老鼠群

擁抱你自由凌亂的頭髮

烏黑糾纏像許多情人那樣

來來去去,留下汗水。

這些黑眼圈跟著我

到處排隊,像底下油炸印度脆餅的香味

他們乘坐黃色大使出行,像鷹在盤旋

沒有拒絕只有仿冒方案

以公里計,算公尺,在天橋下方

你受傷的雙腿正在

伸進品嘗小雪大吉嶺茶的牙齒

伸進人力車夫腳跟的縫隙

終於在他的屋頂和群星之間休息。

群星正在與樹木握手並收集鴿糞

俯看孟加拉大姊正在調節棉質紗麗適應夏季炎熱

印度教教士、拜神供品、線香

正在出賣像法國規則被你忽視的人行道

你有如河流圍繞著城市

河水不滿潮更像靜脈

有永遠的脈搏。

他們說時間在加爾各答這裡停止啦

但你已經進入我的相機內

我會從班加羅爾窗口遙望你，想念你的直線笑容。

加薩
Gaza

就在你下一餐之前不久

我會失去耳朵、一些肋骨

或者我的肝臟會出血

直到成為瓦礫的一部分

鄰居伊斯蘭教宣禮的一部分

姐妹受傷的骨盤

姑姑的惡夢

全部與小小眼窩彈出來的

我的眼睛,一起掩埋

我只要求

留一隻眼睛給我,一隻眼睛

就好,我要看看

那位轟炸我家的士兵

眼睛,我要問他

貴國的孩子們

死的時候會化為

詩嗎?若他們變成

文字在竊竊私語的加薩地區

禁止每人每張嘴唇使用

你會自由自在嗎?

你在轟炸我家時

就給我媽保留

一根手指,她只需要

一根手指就可以

收拾連同我的腿碎片

散落各處的玩具

且緊張慌亂

尋找丈夫的肺

肺在尖叫我們的名字

至少幫我父親留一個肺吧

因為他夢想總有一天

要和其他人一樣去上班

還要呼吸自由

請為我小弟

保留一隻小腳

他在學走路

那麼他就可以走遍

飽浸許多血的

這片土地

明天每條河流

每一片海都會變成廢墟

你的沉默會在那裡

永遠迴響。

現在是時候啦
It is Time Now

現在是我的文字告別的時候啦

離開你眼睛的土壤

移到麻雀翅膀,

從你掌中的鳥籠滑落到

破損玩具的邊緣

慢慢走在摩天大樓之間離開

離開你的窗台。

現在我的文字告別你的腳踝

尋找充滿失落記憶的黃昏

必然會遇到一艘帆船

就像是有黑眼圈的舊情人

秋天放在他的口袋裡。

現在是我的文學自己包裝的時候啦

在老人腳邊有頑固的痰,

樓梯下傾不痛

迎向雨敲擊著留有

你味道的窗玻璃。

現在是我的詩靜默的時候啦

壓抑色彩的脈動,

擦拭路燈下的灰塵,

偽造景觀以免

跑到掉落的屋頂

並在遺忘的迷霧中休息。

現在是我的文字告別的時候啦,

遊歷過茉莉花的指間

進入編織黑暗成詩的小手中。

檢疫
Quarantine

就在像這樣的日子,你內心有些激動

毛毛蟲感覺到你在場

不走開,也許只有幾分鐘

你踩著我的思考徘徊

當然,他們愧疚看到你的處事,

但你為什麼會在這裡?

是因為你聽不到牡蠣聲音?

或聞到失眠的尼羅河味道?

你有至少試試看你的懶腳趾

是否迷失於你留在

我嘴窟窿內的紅雲軌跡上?

你縱容泰姬瑪哈陵觀念,

一如往昔拆散蘭花

甚於加劇搔癢；
你說你會心跳良好而死
只要能活到那時候。

女人
Woman

身為或無為

身為女人,

愛、成長、突出、看,

不看,做為母親,

去撕裂、消耗,

保持冷靜反省、跳舞、創造,

向河借貸,

遺忘、開始、結束。

我可能是自戀者、廣場、

捲收的傘或哀嘆,但

絕對不後悔。

輕觸每一扇窗戶

拉上窗簾,讓神進來

進到廣闊的角落土地。
身為或無為
祈禱者、香客、花瓣
我可能是夏天的拍岸潮聲
或是懷胎的冬天、失落的人心
身為女人
創造紫羅蘭的嘆息
成為無限天空盡頭的肋骨
身為女人。

夜
Night

我喜歡夜夜被曬紅，
新生、營養不夠，
也許對少年詩和回憶
有點淺薄，
我喜歡夜夜成為快速
縮小的正方形，
名字的拼圖，
寂靜的風景，
康乃馨的風，
溜嘴的口誤，
氣味濃厚的公事包
你眼中的傍晚。
我喜歡夜夜成為你的舌頭

可以將吻滾進床墊

讓我眼不見你的動詞

我喜歡夜夜只不過是一夜

普普通通

你的嘆息在其中

來來往往

而早晨

撤退到月球。

照顧我睡覺
Watch Me Sleeping

水坑已乾啦,在雨量較少時

我的等待

像地板上設計的圖案

無色的印度傳統地畫藝術

每個晴朗早晨

傳播對你的思念

粗糖的甜味

莫名其妙棕色

紅色冷碎成兩半

像現在的我

咖啡杯全部堆置

縈迴的香味

玻璃手鐲匆匆從腕上脫落

就閒置在那裡

今早,它們在地平線上說

希望正在開花

你要回家,就在今晚,就這一次

照顧我睡覺好嗎?

關於詩人
About the Poet

　　雷斯瑪・臘美思（Reshma Ramesh），是印度雙語詩人，用英語和卡納達語寫作。出版過《幻象的倒影》（*Reflection of Illusions*）和《半月》（*Half Moon*）詩集。詩作榮獲永久陳列在土耳其安塔利亞市奧林波斯（Olympos, Antalya）古城廢墟。代表印度參加過著名的國家和國際詩歌節，詩被翻譯成16種語文，入選世界各國詩選。《影子的語言》（*Language of Shadows,* Edition Delta, 2021）是詩兼攝影集，由德

國斯圖加特市三角洲出版社（Edition Delta）出版。她是藝術學士（BFA）攝影傑出獎得主，舉辦過國際攝影作品個展，目前在印度班加羅爾從事牙醫工作。

關於譯者
About the Translator

　　李魁賢（Lee Kuei-shien, 1937-2025）。1953 年開始發表詩作，獲1967年優秀詩人獎、1975 年吳濁流新詩獎、1975 年中山技術發明獎、1976 年英國國際詩人學會傑出詩人獎、1978 年中興文藝獎章詩歌獎、1982 年義大利藝術大學文學傑出獎、1983 年比利時布魯塞爾市長金質獎章、1984 年笠詩評論獎、1986 年美國愛因斯坦國際學術基金會和平銅牌獎、1986 年巫永福評論獎、1993 年韓國亞洲詩人貢獻獎、1994 年笠詩創作

獎、1997 年榮後台灣詩獎、1997 年印度國際詩人年度最佳詩人獎、2000 年印度國際詩人學會千禧年詩人獎、2001 年賴和文學獎、2001 年行政院文化獎、2002 年印度麥氏學會（Michael Madhusudan Academy）詩人獎、2002 年台灣新文學貢獻獎、2004 年吳三連獎新詩獎、2004 年印度國際詩人亞洲之星獎、2005 年蒙古文化基金會文化名人獎牌和詩人獎章、2006 年蒙古建國八百週年成吉思汗金牌、成吉思汗大學金質獎章和蒙古作家聯盟推廣蒙古文學貢獻獎、2011 年真理大學台灣文學家牛津獎、2016 年孟加拉卡塔克文學獎（Kathak Literary Award）、2016 年馬其頓奈姆・弗拉謝里文學獎、2017 年秘魯特里爾塞金獎（Trilce de Oro）、2018 年國家文藝獎和秘魯金幟獎、2019 年印

度首席傑出詩獎、2020 年蒙特內哥羅（黑山）共和國文學翻譯協會文學翻譯獎、2020 年塞爾維亞「神草」文學藝術協會國際卓越詩藝一級騎士獎、2023 年美國李察・安吉禮紀念舞詩競賽第三獎。

詩被翻譯在日本、韓國、加拿大、紐西蘭、荷蘭、南斯拉夫、羅馬尼亞、印度、希臘、美國、西班牙、蒙古、古巴、智利、孟加拉、土耳其、馬其頓、塞爾維亞等國發表。參加過韓國、日本、印度、蒙古、薩爾瓦多、尼加拉瓜、古巴、智利、緬甸、孟加拉、馬其頓、秘魯、墨西哥等國舉辦之國際詩歌節。

出版有《李魁賢詩集》6 冊（2001年）、《李魁賢文集》10 冊（2002年）、《李魁賢譯詩集》8 冊（2003年）、《歐洲經典詩選》25 冊（2001~2005

年)、《名流詩叢》54 冊（2010~2024年）等，合計共 221 種 291 冊。

2002 年、2004 年、2006 年三度被印度國際詩人團體提名為諾貝爾文學獎候選人。

語言文學類　PG3154　名流詩叢56

山脈有記憶
The Mountains Have a Memory

原　　　著 / 雷斯瑪・臘美思（Reshma Ramesh）
譯　　　者 / 李魁賢（Lee Kuei-shien）
責 任 編 輯 / 吳霽恆
圖 文 排 版 / 楊家齊
封 面 設 計 / 王嵩賀

發 行 　 人 / 宋政坤
法 律 顧 問 / 毛國樑　律師
出 版 發 行 / 秀威資訊科技股份有限公司
　　　　　　114台北市內湖區瑞光路76巷65號1樓
　　　　　　電話：+886-2-2796-3638　傳真：+886-2-2796-1377
　　　　　　http://www.showwe.com.tw
劃 撥 帳 號 / 19563838　戶名：秀威資訊科技股份有限公司
　　　　　　讀者服務信箱：service@showwe.com.tw
展 售 門 市 / 國家書店（松江門市）
　　　　　　104台北市中山區松江路209號1樓
　　　　　　電話：+886-2-2518-0207　傳真：+886-2-2518-0778
網 路 訂 購 / 秀威網路書店：https://store.showwe.tw
　　　　　　國家網路書店：https://www.govbooks.com.tw

2025年4月　BOD一版
定價：250元
版權所有　翻印必究
本書如有缺頁、破損或裝訂錯誤，請寄回更換

Copyright©2025 by Showwe Information Co., Ltd.
Printed in Taiwan
All Rights Reserved

國家圖書館出版品預行編目

山脈有記憶 / 雷斯瑪.臘美思(Reshma Ramesh)著；
李魁賢譯. -- 一版. -- 臺北市：秀威資訊科技
股份有限公司, 2025.04
　　面；　公分. -- (語言文學類 ; PG3154)
(名流詩叢 ; 56)
BOD版
譯自 : The mountains have a memory.
ISBN 978-626-7511-70-1(平裝)

867.51　　　　　　　　　　　　　114002325